母ちゃんのうた

母ちゃんのうた　目次

母ちゃんのうた

野牡丹

野牡丹《のぼたん》の濃い紫が好きなのだけど
朝咲いて夕方には落ちてしまうので
いつ出会っても手折《たお》れずにいる

どうしてだろう
この花を見ると
きまって母を思い出してしまう
宵待つまでの黄昏のなかで
いつか母と見たかなしみがあるのだろうか
手折られるのをふせぐために

足音が近づいたら自ら花びらは落ちるという
いつ出会ってもそんな散り方をしていて
まだ美しいのに
実を守るために散ってゆく花が
ひたすらな母に似ている

神は人間が純粋な時ほど、よく働いて下さるのだろうか。

ふとそう思う。


名も知らぬ花、名も知らぬ色。

それでも、その花に出会った時、私は母を思ったのだ。

母ちゃんのような花だ——と。


五歳の頃出会った記憶そのままに、今も私の中に咲き続けている花。

以来、その花の季節になると、私はその花の咲いていた野山を一人で歩く。めぐり会える時もあれば、めぐり会えない時もある。

出会えば、私には五歳の時がそのままそこにある。

五歳の時から今まで、年々歳々、その時々の思いでこの花を探し、この花をみつめてきた。

花弁の色を、むらさき——と覚えたのは、いつだったろう。

その花を、野牡丹、と、私が勝手に呼び始めたのはいつ頃だったろう。
今、開発で消えつつある故郷の、野山の一本の小さな花は私の母だ。
神がこの世で私にめぐり会わせてくれた、たった一人の母の花だ。

母ちゃんの手

いつもひびわれていた
母ちゃんの手
小さい頃　よく背中を掻いてもらった
母ちゃんの手

子どもにみつからぬよう
ひそかに自分の涙もぬぐったであろう
母ちゃんの手

いつも合掌していた

母ちゃんの手

母ちゃんの手は
無限の慈悲の御手《おんて》を
千持つという
千手観音の御手《おんて》のように
いっぱいある

母は、どうしてこのようにも、強くなれるものなのか。

母は、どうしてこのようにも、温かくなれるものなのか。

母は、どうして、このようにも優しくなれるものなのか。

母性とは、神から与えられた愛だ。

もっとも神に近い愛、それが母性だ。

真の母性は、決しておだやかなだけでなく、本当の愛に裏打ちされた強さがある。子に対する厳しさがある。

真の愛は、人間として最も賢明なものだ。


母の手は、荒れていた。

その愛を行うために、神から与えられた愛を同じように子に与えるために、子を慈しみやまぬ悲しみにみちてその手は、ゆきつくところがなかったのか。


幼い頃、私は、よく妹と競って、二人でまるまった背中を同時に母にさしだし、ゴシゴシ掻いてもらった。

母は笑いながら、片方の手で妹を、もう片方で私を、両手で二人をまとめて、もういいと言うまで掻いてくれた。掻いてもらいながら、私は、母にとっては、妹も自分と同じように可愛い存在なのだ。妹を可愛がらなければいけないのだと、思い起こせば私はその時、幼い胸の中に漠然とながらも、肉親に対する愛を自覚させられ、植えつけられたような気がしている。

母は何もそこまで考えてのことではなかったろうが、母の母性が賢明であったのだと、私はそう思っている。

今にして思う。真の母性は、何ものをも邪《よこしま》にすることはなく、何ものをも損なうことなく、何ものをも神の望まれるようにまっすぐに育むのだと。

まさに母の手は、そのためにこそ在ったのだ。あんなにも尊く荒れて——

合掌一

母ちゃんが合掌する

合掌した両手のなかから
生きる勇気が
生まれてくるのか

わたしのからだの温もりは
合掌した母ちゃんの手の温もりと同じだ

わたしのからだは

合掌した母ちゃんの手によって育てられた

たとえ生きていく勇気が
無くなるときでも
母ちゃんのように合掌しよう

真の信仰は己も人も動かす。

「神がはたらく」

とも、母は言った。

己を無にしきった時神がはたらく。

神にはたらいてもらえないような信仰に、信仰の意味はない。

神のはたらきを理解できぬ信仰は信仰でない。


信仰は気休めでもなければ、趣味でもない。形でもない。

神と人との真のやりとりだ。

「人間思案はいらぬ」

とも、母は言った。


母の言葉は多くはないが、一言ひとことがみな生きている。

私の中でみな生きている。


真に生きた人間でなければ、真に生きた言葉は吐けない。

また、真に生きている人間でなければ、真に生きた言葉を受けとることはできない。

「すべては自分の心次第」

とも、母は言った。

「そう神が説いてある」


神がそう説いてある。説いてある通りにあの艱難の中を母は生き抜き、私を育ててくれた。

合掌し尽くして、母は私を育ててくれた。

山つつじの咲くころ

母ちゃんが
山つつじの咲いている小径《こみち》に立って
朝日のなかを駆けていくわたしを
見送ってくれていた

小学校に入学した
第一日目の登校日だ
朝の光に野も山もきらきらして
山つつじが美しかった

小さな坂道を越え
振り返ると
母ちゃんはまだ立っていた

あれから三十六年
無邪気に山道を駆けて行く
子どもの後姿を見つめていた
母ちゃんのおもいが
いま　胸疼《うず》くほどによくわかる

母ちゃんは　もう　とうにいないが
わたしの瞼のなかの母は
いまもわたしを見送ってくれている

今も私を見つめている母の眼がある。

いろんな時のいろんな母の眼を、私は忘れていない。

祈るような眼、慈しむ眼、導く眼、愛おしむ眼。

その時々の母の眼差しほど、子どもを勇気づけ、励ますものはない。子どもを伸ばすものはない。

母というものは、心を込めて、本当に心を込めて子どもを見つめてやることだ。見つめられたほど子どもは伸びる。

言葉はいらない。無言でいい。

言葉で言い表せない言葉。

それが本当の人間の思いだ。


花は語らない。花を見た人間に語らせる。人が花を見ているのではなく、人が花に見つめられているのだ。

母の眼は花に似ている。

見つめられたものの心を揺り動かす。

全山満開の山つつじの花と一緒に、朝日の中に立って私を見つめてくれていた母の眼差しは、

「子よ、伸びよ」

と、今も私に勇気をくれている。

独楽

母ちゃんに独楽《こま》の音を聞かせたくて
一生懸命つくった
夜なかまでかかった

母ちゃんはときどき
居眠りしながら待っていてくれた
出来あがると　にっこり笑った

独楽は
あまりいい音では鳴らなかったけど

あのときの独楽はもう無いけど
宝もののように
母ちゃんの微笑が
いまもわたしの奥で輝いていて

独楽をみるたび
私は胸をいっぱいにしている

今と昔を比較する訳ではないが、いずれにしても貧しい時代だった。

食べ物はもちろん、靴も、傘も、着るものも無かった。それでも子どもたちはいきいきしていた。

貧しかったが、いじめも殺人もなかった。

今、この溢《あふ》れるほどの豊かさに包まれながら、どこがどう間違えば、これほど人の心が荒むのか。人はどうしてこれほど病んでいくのか。思えば、あの貧しい時代の、心豊かな人の優しさが懐かしい。

あの、何も遊ぶものの無い時代、子どもたちは自分で工夫して遊ぶものをつくった。ちょっとしたものが、何でも遊ぶ道具になり、また、自分たちでいろんな遊びを作りあげたものだった。

小学三年生の頃、私は拾ってきた廃物の雨戸の戸車を利用して、独楽を作った。

まず、戸車の金具の部分を壊して、中の車をはずす。

車の中心部に開いている穴の大きさに合わせて三センチくらいの長さに切った竹をはめこみ、その竹の穴に合う竹をまたはめこむ。

そうやって竹の穴が箸の先くらいの太さになった時、その穴に合うように独楽の芯をいれる。

この芯作りが難しい。独楽が芯から抜け落ちないように芯の下方は芯をはめた竹の穴よりやや大きめに銛《もり》状に削り、上部は竹からでた部分が指でつまめる長さに切る。回す時はその竹の部分に糸を巻き、竹の穴から出ている芯の上部をつまんで、片方の手でその糸の端を一気に引けば独楽が回る仕組みだ。

回しておいて、それを静かに板や飯台などの、水平な固い平面の上に置く。

はめこんだ竹が車に垂直で、最終的にはめこんだ竹の穴と芯との加減が、きつ過ぎずゆる過ぎず、要するに、全体に車の中心がきちんととれていれば、この戸車の独楽は、驚くほどに長く澄んだ音をたてて一点に静止し回転する。

私はその独楽の澄んだ時の音が好きで、その美しい音を母に聞かせたくて一生懸命作ったのだ。

野良仕事で疲れきっていただろうに、「起きてて」という私の願いを聞いて、囲炉裏に時々柴をくべ、居眠りしながらも、母は待っていてくれた。

不器用な私は夜中までかかった。

「出きた」という私の声に、母は顔をあげ、にっこりと微笑んでくれた。


詩にある通り、独楽はうまく鳴らなかった。その時の独楽も、もう無い。

でも、母の微笑みは、私の心に深く深く沁み込んでいる。あの、遠い静かな冬の夜の、囲炉裏の火の温もりとともに、この時戴いた母の微笑みは、生涯私の中から消えることはない。

里の秋

眼を閉じれば
あなたは炉端で縫い物をしており
幼いわたしは
里の秋をうたっていた

いま　澄んだ空の下を
すすきの穂並みを分けて風がとおる
風は覚えているだろうか
丸木柱が煙にくすんだ
小さな山小屋

幼い歌声を

あの日と同じように風は過ぎるけれど
わたしは人生を知り
あなたはすでに亡く

ふるさとの秋は
わたしの想いの果てにただ深みゆく

その頃から父はほとんど不在で、母が一人で一家を守り、私たち四人の子どもを育てていた。

私が学校で習ってきて、母に聞かせる「里の秋」は、父を待つ私たち家族にとって、まさにぴったりのような歌詞であった。

その後も居たり居なかったりしていた父は、ある日、いつものように家を出ていったまま遂に帰らず、それから五十年、いまだに杳《よう》として行方は知れず、その間に、母も既に逝った。


あの頃、幼い私の歌う「里の秋」を、母はどんな思いで聞いたのだろうか。

母の思いを知るには私は幼すぎたか、今振り返るたびに、自分の思いと母の思いが重なって辛い。

だが、もう、掘っ立て小屋も、煙にくすんだ丸木柱もとうに無く、ただ茫々とした時の彼方の私の思いの中に残るばかりで、やがては私も逝き、それさえも消えてゆく。

この文を書きながら、ふと眼を映す窓の外は、近くの川の土手の彼岸花がひと叢《むら》、痛いほどに燃え盛っている。

あの小さな山ふところのひと隅も、いつかは、そこに生きたものたちの切なさを埋めて、こうして、ただ静かに彼岸花の赫《あか》が秋の日差しに映えていることだろう。

ねがい

雨の日も　風の日も
濡れた顔のまま
東に向かって拍手《かしわで》を打っていた母ちゃんの顔が
ふと　うかぶ

——洗い顔のまま
　毎朝お日様にお願いすると
　ひとつだけは願いを叶えて下さる——

その祈りのお蔭で

自分のいま在ることをおもうとき
わたしの胸は熱くいっぱいになる

わたしも
母ちゃんのような
祈りを持とう

祈ること、祈り続けること、母は祈ることによって自分の人生を支えていた。

祈りが叶えられるとか、叶えられないとか、そんなところに自分の心を置いていなかったのだ。

ただ、ひたすら祈る。

祈ることによって耐え、祈ることによって自分が在り、祈ることによって生きてこられたのだ。

ひたすら願い続け、ひたすら祈り続けること。人間にそれ以外の何ができようか。

人間に、本当に与えられている力があるとすれば、それは祈りでしかない。

人間というものの絶対の無力を知り、その無力の中から、自分に与えられた絶対の力を知ること。その力のかたちこそが祈りであるのだ。

叶わぬ時には崩れるような祈りなら、それは本当の祈りではない。

何があろうと絶対に崩れることのない祈り、それこそが真の祈りであり、念《おも》いであり、人間の真心であるのだ。母は何も語らなかったが、無言の母の祈りの姿に、私はそう教えられる。

合　掌　二

母ちゃんが合掌する

合掌は両方の手でないとできない
こうして片方ずつ
支えあって
合わせあって

合掌はいいなあ
合掌すると
ほのぼのと喜びが湧いてくる

母ちゃんの笑顔が浮かんでくる

それなりに、私の人生にも辛いこともあれば苦しいこともある。悲しいこともある。それが人生だと思いもする。

ただ、どんな時にも、一つだけ自分の力になるものが私にはある。

母の教えてくれた合掌である。

母は、

「合掌せよ――」

とは言わなかった。

ただ、ひたすら、自分の合掌する姿を子に見せた。

見せるつもりの姿ではなかったろうが、私は、見て育った。


行き詰まる。

私は坐る。

おもむろに手を合わせる。

そして、この両手の中に生まれるものを信ずる。

両手の中に流れ込む力を信ずる。

この両手に、己の為すべきものを思い、己の祈りの真たるものを信ずる。
母が信じて生き貫いたように、ただ、ひたすら手を合わせて祈る。
祈れるものをこの両手の中に持っていること。
それだけで、私の人生は十分に豊かで幸せになる。

合掌は、自分の豊かさを教えてくれる。
忘れていたものを、見失っていたものを、両手の中によみがえらせてくれる。
合わせた両手の温もりに、生きていることを気づかせてくれる。

お灯明

毎晩お灯明をつける
お灯明がゆらいで
あたたかさがにじんでくる
やわらかな光のなかに
今日一日の
みんなの安息がつつまれている

母ちゃん　ありがとう

お灯明はわたしの心のともしびだ
なんにもいわないけれど

母ちゃんのまたたきのようにやさしく
わたしのいく道を
照らしていてくれる

この詩を書いた頃、私は自分の二人の息子以外に、三人の子どもを里子として預かって育てていた。

もう、かれこれ二十五、六年も前になるだろうか。

そういうことで、当時の我が家は私たちを入れて、七人ほどの大家族だった。もっとも、昔はこれくらいの人数では大家族と驚くほどのことはなかったのだが、それでも、妻の通代が、「十五キロの米袋が四日しかない」と、言っていたのもこの頃だ。子どもたちは皆、中学、高校の食べ盛りだった。

この頃は、妻も私も気を張って生きていた。

預かっている子どもたちが、本当に正しく、まっすぐに成長してくれるよう、怪我や事故のないようにと、それのみを念じていた。

一日が終わり、家族揃って神前で夜のお勤め(勤行)をしながら、神棚の灯明のほのかなゆらぎに、ようやく、ああ、おかげで今日も無事に終わった、今日一日、母ちゃんに守られてあったと、沁《し》み沁《じ》みと思ったことである。

小さい頃、私はこうして母とお勤めをして育った。

お灯明のあかりが、母と同じように私は好きだ。

サボテン

痛いくせに
なんとなく触れてみたくて
指先に
針の痛さを確かめていた

あれは　まだ
「こんなに幼い」
と　幼さを手で測れるほど幼い頃なのに

——きてごらん
　サボテンの花が咲いたよ——

母の声と
うす闇に浮かんだ白い花が

小さな指先の
消えた筈の痛みのように
遥かに遠い日のなかで疼《うず》いている

話にならぬほどの貧しさの中だったが、それでも、家の周りは四季折々の花で彩られた。

私は、花を楽しむ豊かさを母に習った。可愛がれば応えてくれる花々のいのちを見つめることを、知らず知らずに教えられた。


夏のある日、母の可愛がっていたサボテンが初めて花をつけた。

サボテンは大人の男の拳より太めの、それをちょっと長くしたくらいの大きさで、母は時々、その根っこに茶殻をやったりして世話をしていた。

花は、サボテンの中ほどより少し上についた。

最初は何かわからなかった。薄茶色の、産毛に覆われたようにしてサボテンの固い針と針との間に、幼児の指の先くらいの突起がついた。

それが、サボテンの蕾だと知ったのは、何日か後のことである。日が経つにつれて、その突起が徐々に成長して長くなりはじめた頃、蕾だとわかった。

やがて蕾はだんだん大きく細長く、二十センチ近くなりつけ根には蕾の時の名残のような産毛が残り、それから上は花びらとなって、うすい緑をぼかしたような白が、花弁の先にいくにしたがって白さを増し、まだ花びらを閉じていて、花の形全体がわからぬうちから、今日か明日かと、蕾の開ききるのを私は母と待った。

やがて、ついにサボテンはぽっかりと白い花弁をいっぱいに開いて、夕方、最初にそれを見つけた母は、よほど嬉しかったとみえて、声を弾ませて私を呼んだ。

今にして思えば、たった一つ咲いたサボテンの花にも声を弾ませねばおれぬほど、母の毎日は辛かったのだろうに、幼い私は、何一つ気づくべくもなく生きてきた。

この時のサボテンの花を想い出すたび、私の中で遠くかすかに疼《うず》くもの、それは過ぎ去った日の一片の感傷などではなく、母の耐えた辛苦に気づかず生きてきた私の、母への我が心の痛みである。

海鳴り

どう　どう　どう
あれは　二月の海か
三月の海か
荒磯に砕ける白い飛沫《しぶき》と
そう　思いだした
あれは五月の海だ
海が冬の色を脱ぎ捨てて
初夏の青さに輝いていた

どう　どう　どう

ぶ厚い波のうねりが轟《とどろ》きわたって
幼かったわたしの瞳のなかの

死にに来た海の
飛沫を背にした母の姿が
いまも　わたしのなかによせてくる

遥かな日の彼方の
海鳴りのように

私がまだ五歳には間のある頃だった。幼かった私たちを連れて、母は、自分の生まれ故郷の海に死にに行った。

その時は、母が死にに来たものとは知らず、海に来られた嬉しさで、私は無邪気にはしゃいでいた。

異変に気づいた村人がやって来て母と話していた。泣き伏していた母を目の中に入れながら、不思議なものを見るように、私は母の涙の顔を遠くから見つめていた。

母の涙の顔を、私はその時初めて見た。


あれからすでに五十年をゆうに過ぎた。

母もすでに亡い。

今、さまざまの想いは私にあるが、それを言ってどうなろう。

母はとどまり、私たち四人の子どもを育てあげてくれた。

それだけでいい。

何年おきかに、今も私は母の死にに来た海を訪ねる。
あの時と同じように、岩に打ちつけては崩れる波を見る。
そこに泣き崩れている母を見る。
母の想いをかみしめて私は佇《たたず》む。

どう　どう　どう

人の切なさを、無限に打ちつけるように、波の音は、海を去ってゆく私の中に轟《とどろ》く。
決して去りゆくことのできぬ想いの中で轟く。

この海を、私は忘れない。

寒菊

濃い赤紫の花だ
寒さに臆すこともなく
霜柱のたった花壇に
いっぱい咲いていている

よくみると　葉っぱも茎も
寒さで赫《あか》く霜やけしそうになっていて
痛そうにみえた

花を咲かせるために

菊が
歯をくいしばっている――
わたしはふっと
母ちゃんをおもった

すでに亡い母の姿が寒菊の姿に重なる。

母は、歯をくいしばって精一杯に咲いた花だ。強い花だ。

霜の冷たさをはね返す寒菊のように、母は生きて見せた。


「生きることだ。生きることだ」


もの言わぬ母が、菊に姿をかりて私に言う。

私は自分に言う。

「生きることだ」

私なりの辛さも、私なりの涙も、みな振り捨てて生きることだ。


生きて見せた母がいる。生きて見せる菊がここにある。

人のいのちも、花のいのちも、かたちが違うだけだ。いのちという部分で、みなつながっている。

何のいのちも、いのちであることにかわりはなく、いのちのありかたを教えてくれる。

生きて行けと教えてくれる。

草も木も、鳥も虫も、生きとし生けるもののすべてが、みな、いのちを生きているのだ。


私は、母が生きたいのちの大いさを思う。

自分の中に流れ込んでいるいのちの、尊さを思う。

自分のいのちはこの寒菊のように、必死に生きてくれた母のいのちだ。

穢《けが》すことがあってなろうか。自分のいのちの日々を、粗略に生きることがあってなろうか。


子どものいのちを尊いものにしてくれた母に、それを知らせてくれた菊に、そっと感謝する。

月一

おぼろ夜の
おぼろの月とおもったのに

いつか洗ったような
十五夜の月だ

遠い昔
家族たちは寝静まり
縫い物をする母と二人で
こんな月を見たことがあった

月に照らされて
重なりあった山々の尾根は神々しく
天にも地にも
わたしは神を感じた

母ちゃんを必ず幸せにしよう
月に洗われたわたしの心は
母のいなくなったいまも
そう想いつづけている

美しい月だった。
この月以外にも、美しい月は数多く見てきた。
でも、この時の月ほど、美しい月を私は知らない。

今も、思う。
願わくば、あの掘っ立て小屋の窓から、あの時のように美しい月を見たい。
本当に見たい。
これは私の切実な願いだ。

あれから幾星霜、私もそれなりに波乱の生涯を送ってきて、こうして母の詩を書きつづりながら、今、本当に、死ぬまでにあの月をもう一度見ることができるのだろうかと、少し不安を感じ始めている。

母ちゃんを必ず幸せにしよう。

その筈だった。
だが、母はすでに亡く、私はまだ、あの時の想いを果たせずにいる。
歳月だけが、皓々と冴え渡る月の光に影さえ止めず過ぎ去っていく。

合掌　三

合掌して
「いただきます」を言ったら
「いただきますを言うときに
お父さんはどうしておめめつぶると」
ふしぎそうにいくえが尋ねる
「おめめつぶってね
心のなかでありがとうをいうの」

そう　まさに眼を閉じて
いま、この一瞬を合掌する

合掌することをおしえてくれた
母ちゃんに合掌する

両手を合わせて合掌となる。

片方より両手の方が力が出る。

合掌には力を合わせることの意味が示されている。

あらゆるものに添い、あらゆるものに力を合わせ、合わせた中から、更に新しい力を生んでいく。


今、自分の中にはない新たな心、新たな想い、新たな勇気、新たな感謝。すべて、今より新たなものが、合掌する祈り合わせた両手の中から生まれる。

祈り合わせた両手の中に自分がある。

新しく生まれ出ようとしている自分がある。

殻を割って芽を出してくる一つの種のように、両手の中から、新たな自分が芽を出してくる。

合掌は、種が割れて、双葉の芽吹くかたち。

進もうとするかたち。

人間の、ただあるべき姿をあらわしたかたち。

母の生きてきたかたち。そして私の生きて行くかたち。

セックスも、子育ても、食うことも、寝ることも、喧嘩し争うことも生きて行くかたちは、人間も他の動物も変わりはしない。

犬や猫は合掌はしない。トラやライオンもしない。
合掌はこの世で唯一、人間だけがするかたちだ。

合掌は、人間だけが神から教えられたかたちだ。

霜の庭

薄い白銀の絨毯を敷いたように
裏庭に一面の霜
こんな朝もよく麦踏みをした
すでに遠くなった幼い日を辿れば
頰かむりをしたわたしと
母ちゃんの影法師が二つ並んで
――踏まれて強くなるのよ――
霜の庭に凛然として
いまも母ちゃんの声がある

凛として生きよ。

誇りを持って生きよ。


母はいつも、我が子にそう思っていたに違いない。誇りを持て、と、子供に説いたことはないが、母は誇りを持って生きて見せた。


もう麦踏みをする畑もなく、そんな風物詩など、まったく過去のものとなったが、それでも「踏まれて強くなる」のは、なにも麦だけに限ったことではなく、寒風の中に麦畑に出るのを躊躇する私に、

「踏まれて強くなるのよ」

母が私に諭した言葉は、生涯、私の心に刻みつけられている。

普通の人

母ちゃんは普通の人だが
自分がこんなに幸せであることをおもうとき
母ちゃんはやはり
偉大な人だったとおもう

わたしは　わたしの子どもが
わたしと同じような
幸せな人生を送れるように
子どもを育てられたかどうか
不安である

こんなに幸せな自分をおもうとき
わたしを育ててくれた母は
やはり偉大な人であったと
わたしはおもう

私は貧乏である。借金はあるが金も財産もない。でも、私は幸せである。決して、負け惜しみなどではなく、私は幸せである。心からそう思う。

二人の息子は元気で、一人前になってくれているし、嫁も貰い、孫も一人できた。妻も元気だし、私はやりたいことが山ほどある。まずそれが幸せである。

やりたいことがあるというのは、楽しいからやりたいのだ。楽しいということは、幸せなことではないか。

山に行っても海に行っても、木を見ても花を見ても楽しい。或いはいろいろな美術品にしろ、書画骨董の類から何から、自分の目の高さに応じて楽しいものだ。

まさにこの世は楽しみの宝庫であり、宝の山である。楽しくないという人は、その宝の山に気づかずにいるだけのことだ。

無論のこと、だからといって私に、辛いことや苦しいことが無い訳ではない。

飯を食わねば腹が減るし、水を飲まねば喉が渇くのと同じことで、仕事がきつければ苦しいし、辛いに決まっている。ただ、苦しくても辛くても、その中に楽しさがあるのだ。一生懸命やっていると、やっているという充実した歓びがあるではないか。その充実を感じられる自分、それが自分で楽しいではないか。その歓びを幸せというのだ。


人間は生きているかぎり、命あるかぎり、常に幸せの絶頂にいるのだ。心からそう思う。そして、自分が幸せであればあるほど、親となった今、なお、我が子のことが思われるのである。

願わくば、息子たちよ、生きているかぎりは幸せの絶頂にあることを忘れるな。

この、生きて在ることの歓びは、歓びなどと、簡単に言い尽くせないほどの歓びなのだ。

その人生の歓びを歓ばずして、何を歓ぶというのだ。

願わくば息子たちよ、恋に目覚めた若者のように、常に人生の新しい歓びに目覚めていてくれ。生涯には数えきれないほどの新しい日がめぐる。人生とは常に新しい日を迎えることなのだ。

願わくば息子たちよ、お前たちもまた、我が子に「俺はこんなに幸せだ」と、自分の人生を胸を張って歓べる親になってくれ。

母ちゃんが、そのためにこそ、俺を一生懸命育てたのだから。

母ちゃんは普通の人だが、子どもを幸せにすることを教えてくれた。それが、人間を、社会を幸せにする基であることを教えてくれた。

母ちゃんの無言の生き方が、今もそれを示していてくれる。

私は精一杯子どもを幸せにしなければ、私を幸せにしてくれた母ちゃんに申し訳がない。

それが、母の愛に応えるただ一つの方法だと思っているから。

影法師

行商に行った母ちゃんを
夏休みの　誰もいない校庭で
待っていた

蟻地獄をつくって
蟻を入れた
ずり落ちてはよじ登る
蟻の悲鳴が聞こえてきそうだった

影法師が
蟻地獄にさして
みあげたら母ちゃんだった

両方ともニコ、と笑った
蟻を逃がして
母ちゃんと帰った

いま　自分の影法師うつすとき
小さな命のあがきをつつむように
そっとさした
母ちゃんの影法師思いだす

夏休みの、ある暑い日だった。

小学校の四年生の頃か。その日は丁度登校日で、行商に出かけた母と、途中の中学校の校庭で待ち合わせ、一緒に家に帰ることになっていた。

中学校から我が家まで約三キロメートルの道のりだ。

「帰りは同じような時間になるから、一緒に帰ろう」

とは、その時母が言った。

別に深い思いがあった訳でもないだろうし、行商をすます時間と同じ頃になるから、そう言っただけのことだろうが、今思えば、三キロメートルの道のりを、子どもと一緒に家路を辿りたいと思う､母の寂しさがあったのだろうか。


誰もいない校庭の隅で私は母を待った。

向こうに行けば大きなせんだんの木陰があったが、母が自分を見つけやすいように、私はかんかん照りのその場所で、蟻地獄をつくり蟻を入れて遊んだ。

最初、蟻地獄の中に入れた蟻が、よじ登ろうとしてはずり落ち、少し慌てただけの様子から、何度も繰り返すうちに、やがて自分の置かれている状況を理解したのか、せわしく触覚を振り動かし、懸命に這い上がろうとしてはまたずり落ち、繰り返すうちに、徐々に蟻の中から力が抜けて、その黒いからだ全体に疲労と困憊《こんぱい》が広がっていくのがよくわかった。

私は蟻地獄が、かがみ込んだ私の小さな影法師の中に入るようにした。

長い時間太陽に照らされては、小さな蟻が死ぬかも知れないと思い、蟻の必死さをかばったのであったか——

かがみ込んでいる私を見つけて、母は声をかけたらしいが、私は気がつかなかった。

何事かに夢中で惹きこまれている私の背中に、母はそれ以上呼ぶこともせず、そばにやって来て背中越しに蟻地獄を覗き込んだのだった。

母の影法師が、私の影法師とかさなり、ようやく私は母に気づいた。

ともに帰る道々、その時の母との対話がどんなものであったか、もう思い出すべくもない。

ただ、私が影法師に気づき、見上げた時の母の笑顔だけが、今も私に笑みかけているように残っている。

自覚

わたしの心のどこから
あなたに対する想いは湧くのでしょうか

あなたの存在がなければ
わたしの存在はないという簡単な事実が
わたしには尊い

あなたを軽んずることは
己を軽んずることだ

あなたはいまも
波のように

わたしに無限の自覚を運びつづける

母に対する思い。

考えて思っているのではない。私には常に、母のことは自分の一部みたいになっていて、いつも自然に私の中に母は在るのである。

そして、そうやって思い続けることのできる親が在ってくれることが、本当に私は有難い。自分は幸せであると思う。

私の人生におけるいろんな考え方のもとは、私は、母のことを思う、その思いの中から生まれてきている。

私は自分が母のことを思い続けている限り、私の人生に行き詰まりはないと確信している。

母が私の存在のもとであり、私の根源であるからだ。

無論のこと、これは私一人だけに限らず、世のすべての人に共通のことである。

親が自分の存在の根であるという事実。そのことにしっかりと目覚めねばならないと私は思う。

俗に言う通り、根が枯れて、枝葉の栄えるためしはない。親のことをいつまでも思い続けていることを、中には、めめしいとか、マザコンなどというむきもあるようだが、それは親を思うてやるほどの心のゆとりも、優しさもなく、自分のことばかりで、自己中心の親に甘えた姿でしかない。

そんな心で、何ができるというのだろう。

自分のことは振り捨ててでも、親のことを第一にするほどの、親を立てる心、己に対する厳しさがなくてなんとしようぞ、と、私にはそう思えてならないのである。

木の声

子どものころ
日暮れの道を歩いた
日昏《く》れていく心細さに耐えながら

いまも日昏れの道を歩いていると
幼い頃の心細さがこみあげてくる

母ちゃんも同じように
そんな道を歩いていったのだろうか

道昏れた野末の果てに
ふと見上げると

一本の木が
真っ直ぐ天をさして突っ立っていて

母ちゃんも
天に伸びよ――と
木の声を聞いたのだろうか

私が迷ったように母も迷い、私が泣いたように、母も泣いたのだろうか。
辛さに身を震わせて、どうしていいかわからない心細さに耐えて必死に自分の道を歩いて、ふと、山道で出会った一本の木に、

天に伸びよ――

と、教えられたのだろうか。

無言の木を、無言で見上げる母の姿は、ただ、私の心の中のものに過ぎないが、私には、母も、無言の木の声を聞いたに違いないと思えてならない。
木が、どこにも行かず、そこに根を張り、ひたすら天をめざす。

泣いても笑っても、そこに生きるしかない。
届かなくとも、目指すところは天しかない。
日照りの時も、颪の時も、そこしかない。
たとえ、天に届かない悲しみとはわかっていても、目指すしかない。
そこで生きるしかない覚悟。
そこで生き切れる強さ。

一本の木の無言は、いつも、母の無言のように雄弁である。

顔

鏡をみていて
母に似ていると思う
父にも似ていると思う

自分の顔と威張っているが
ときどき
これは自分の顔じゃない
父と母の顔だ　と思う

だったら　自分の顔はどれだというと

やっぱりこの顔だ
父にも母にも似ているが
これが自分の顔だと思ったとき
父と母の大恩を
ひし　と感じてうれしくなった

私は兄弟の中で、一番父親に似ていると言われた。

性格も顔も父親そっくりだと、母にも人にも言われて育ったし、自分でも鏡を見ていると、なるほどと思わせられる。

成人すると、益々父に似た。しかし、父を知らぬ人に出会うと、母にそっくりだと言われる。

どこがどう似ていると分けられる訳でもないのに、その時々で、この顔はまったく父の顔になり、母の顔になる。

こんな器用なことは、まったく、神の御業《みわざ》でしかない。

神以外のものに、なんでこのようなことがなし得ようか。

自分という人間、この自分の顔は、その御業を借りて父と母の愛がこの世に生み出したものなのだ。

父に似ている顔。母に似ている顔。

そしてどちらにも似ているが、まさしくこれが自分の顔なのだ。


父に似ている分に父の愛を、母に似ている分に母の愛を、そして二人に似ているこの顔に、神の愛を私は思う。
父と母、二人がいて私が在る。
これを父母の大恩と言わずして何と呼ぶのか。
更には、この二人を父母ならしめた力を、神の御業と呼ばずして何と呼ぶのか。
人はどれほどの、多くの多くの大恩を蒙《こうむ》り、かくあらしめられて生きているものか。
今、すべての大恩に謝し合掌する。

麦踏み

山陰の赤土の土手に
霜柱が立っている

あの頃は冷たかった
頬かむりをして
母ちゃんと麦踏みをした
あの頃は冷たかった

霜柱と風がヒュウヒュウ
わたしの鼻水を凍らせるぐらい冷たかった

もう麦畑もなくなって
麦を踏むこともなくなって

でも　霜柱が立つたび
幼いわたしと母ちゃんが
遠い日のむこうの麦畑で
いまも麦踏みをしている

子どもの頃の麦踏みは難儀なことであった。

麦の列を一列ずつ横向きになって踏んで行く。

鼻水をすすりあげながら、冷たい風に顔や手足をしゃちこばらせて踏んで行く。

無言で踏んで行く。

無言の中の自分の思いを踏み続けて行くのだ。

その日がこうして今日の日まで続いて、今、私はこうしているのだ。

一日一日、現在から日を引いていくと、今も頬被りをして、寒さに凍えながら麦踏みをしている私に辿りつく。

麦踏みをしている母の横顔、母の後ろ姿に辿りつく。


今日まで加え続けたほどの日の重さ、加え続けたほどの切なさ。日を加えるということは日を失うことでもある。

その失っていったものへの思い、それらすべてを称して万感というのだ。

今、その万感の思いに、ただ胸を詰まらせる。
麦を踏む母の後ろ姿が、この瞼の中から生涯消えることはない。

失意

いくつもの　いくつもの失意をこえて
ただひたすら頂きをめざすもののように
あなたは生きてきたのか

いま　あなたのおもいが
脈々とつたわってくる
わたしの背後には
人生の失意にみがかれ抜いた
ほんものの眼がある！

――失意の底にこそ
己を真実たらしめるものがある――

わたしのなかの勇気のように
今日もあなたは
ひとつの失意を見据えている

人生にはさまざまな失意を迎えねばならぬことがある。
そして如何に辛くとも、その失意を一つひとつ乗り越えねばならない。

母の迎えた失意がいかほどのものであったか、私は知らない。
おそらく、母の人生で、越えるに越えられない失意に打ちのめされたであろうことは、想像に難くない。
だが、母はすべての失意を乗り越えてきた。

「人生でつき当たる失意こそが自分を真実ならしめる」

とは、母は言わない。
母の、亡くなった後の無言が私にそう告げる。

思えば、これら一連の母の詩も、母の亡くなった後に書き始めたものだ。
母の無言は深く、私を動かすに、止むことがない。

十五夜

虫が鳴いて　虫が鳴いて
すすきの穂が
月の光に濡れて　風に揺れる
虫よ　りんりん　りんりんと
わたしに母を呼べというのか
わたしも人の子で
いまは人の子の親で

どちらのかなしみもようわかる
母ちゃんの耐えた悲しみがようわかる

今宵十五夜
月見の酒にほろ酔うて

母を想い　子を想い
月に染まった虫の声抱きしめる

子は可愛いものだ。

その可愛いと思う子と、親が思うほどにうまく心が通わせられない。

そんな時ほど親は辛い。


私はそれなりに、自分では親孝行もしたつもりであったし、親の思いに添って生きてきたと思うのに、我が子は、私が親に添ったようには合わせてくれない。

そんな侘びしさや悲しさが、育ててゆく中で私を包み込んだことも、度々だった。


母に対する思い、我が子に対する思い、自分の人生に感ずる思い。

さまざまな思いの中で、母の思いはいかがであったかと、親としての母の思いに想いをめぐらせる。

母には、添ったつもりであったが、やはり母としては、
今の自分と同じような寂しさがあったのではないか。
自分の今の悲しみのように、母の悲しみがあったのか。

ふと、そう思う。

徳

母ちゃんが残してくれた徳を
わたしはだんだんつかい果たしている
ときどき　ふっとそう思う

――何ほど願おうと
　みな自分の徳ほどの人生や――

わたしは自分の徳のないみすぼらしさが
ようわかる
母ちゃんの言葉がようわかる

自分の徳だけで
わたしがこんなに幸せな人生を過ごせる筈がない！

勿体なさに手を合わせる
申し訳なさに
眼閉じておもう

徳あるは褒《ほ》むべし
徳なきは悲しむべし

自分が生かされるほどの徳は
自分で積みたい

徳とは、人生における貯金みたいなものだ。

貯金のあるうちは遊んでいても食っていかれる。

どんな金持ちも、金を使い果たしたら、その日からルンペンだ。

人生の徳は、自分の運命を好転させる。いい人生を生きたければ、自分の人生の徳を積むことだ。

人生の徳を積むとは、自分の生きて行く中で、人の喜ぶこと、人のためになることをすることだ。

人間として、己を高める努力をすることだ。


人生には、金で買えるものと買えないものがある。

徳のない人間は金で何もかも買おうとする。

人生の幸せが、金でみな買えそうに思っている。

金のないのも徳のない姿だが、金があるから徳がある姿とは言えない場合も多くある。

「徳を積め」

これだけは母が唯一口にしていた言葉だ。

「人生は己の徳通りの姿で現れる」

母はこうも言った。

「物事に行き詰まったら、己の徳の足りなさを思え。金は目に見える。徳は目に見えん。見えんが現れてくる姿が徳の姿だ」


見えないものを見とおす眼。その力が必要だ。

徳を積め。積めばわかる。積めば見えてくるものがある。

人生の大事は、徳、貧しければならず。


母の無言が今も私にそう語っている。

王冠

人間の心には
それぞれ王冠がある
己だけしか冠することのできぬ
たった一つの王冠がある

愚かにも
己の冠《かんむり》を見失い
あるいは汚し
真の王冠を冠しているものは少ない

新調の着物に手をとおすことなど
母ちゃんは一度もなかったが

何ものによっても汚されることも
失うこともない
母ちゃんはいつも燦然とした
王冠を冠していた

心の高さは学問のあるなしではない。
金のあるなしでもない。
卑しさのない心だ。
己を飾る卑しさ。貪《むさぼ》る卑しさ。
飾っても、飾っても、蓄えても、蓄えても、その虚飾の王冠は輝きはしない。

母の高さは、その真実を子に無言で示したことにある。
無言で生きたことにある。
無言で生き切れる強さこそ、その心の高さの証しだと、そう思う。

真に高いものは、仰ぎ見るしかない。
子どものために、子が仰ぎ見る高みに、子を引き上げられる高みに、母はひとりで登ったのだ。

子よ、ここまで登れ

今、母の無言が、千万言にまさる強さとなって、私を引きあげる。

一日

あなたの慈愛のなかで守られ
今日も一日が過ぎました

ごめんなさい――
きょうは
あなたに詫びることの多い一日でした

明日は
あなたの好きだった黄色いダリアを
あなたの墓に供えてきましょう

母の声が聞こえる。無言の響きとなって私の心を打つ。

風のように、波のように、その時その時のありようのままに、過ぎていく母の声だ。

私の心のままに、私に届く母の声だ。

責めているのではない。叱っているのではない。

在って無く、無言でいて大きく、ああ、慈愛とはこんなにも深いものであったかと思う。

たぶん、神は、地の最初の人を、こんな深い深い慈愛をもって創られたろうに、今地に満てるかなしみはどうしたらいいのだろう。

遠く高く、遥かに空を渡って行く風のように、深く深く、夕暮れの闇に沈んでいく海の底からの声のように、遥かなもの、深いもの、大きなものからの声が、私を包む。


慈愛の形象《かたち》こそがまさに神だと——

すすき野

冬枯れた山の斜面を
すすきの穂が
午後の日差しにきらきら輝いて

風が吹くと
谷間のかげりのなかへ
風に流れる雪のように
無数に散って舞い降りて行く

なんども　なんども

仕事をしながら母ちゃんと見た景色だ
ああ　いまも風にあおられ
このすすき野に脱ぎ捨ててきたわたしの歳月
わたしのおもいのなかへ
渦を巻いては駆け降り

ながれる　ながれる
母ちゃんといた幼い日の遥かさへ
ながれていく

時に、人はそれを感傷と呼ぶかも知れない。

だが、私には、その過ぎ去り消え去って行く日々に対する哀切の思いを、断ち切ることはできない。

これからも、私は母の詩を書く。

私の最後の母の詩は、どんな詩になるのだろう。


懸命に母の思いを汲み、母と過ごしてきた歳月。

私にはふる里のどこをとっても、瞬時にして瞼に溢《あふ》れる涙がある。

そこには、一人の人間として、それほどに深く、自分の人生を生きて埋《うず》めてきた歳月と思いがあるのだ。

否、そこには、私の思いだけではない。母として、人間として、我が子を守ってきた母の思いが埋められているのだ。

人には、一言の下に感傷と呼び捨てられるかも知れないが、そこに生きたものでなければわからぬ思いもあるのだ。感傷と呼ぶなら呼ぶがいい。あえて私はその感傷にまみれて生きて行こう。
ふる里に母と過ごした日は、厳然として、今も私の中にあるのだから。

合掌四

合掌はいいなあ
手を合わせ
心を合わせ
裸のおれにならせてくれる

ああ　おれは
合掌することができる
ほかになにがいるというのだ
ほかになにができるというのだ

合掌はおれの力
おれの勇気のみなもと
合掌は〝人間〟を伝えるいちばん正しい姿だ

合掌して　合掌して
合掌し尽そう
母ちゃんが合掌してくれたように

人間は地に生まれて、いつの頃から合掌するようになったのだろう。

最初の合掌を、いったい誰に教わったのだろう。

ふと、通りかかった、見知らぬ村のはずれなどで、小さな野の仏などに出会うと、ああ、誰がどんな気持ちでこの御仏《みほとけ》を彫られたものか。おそらくは、両手を合わせたお姿に自分の想いを重ねて彫られたであろう、その、彫られた人の切なさが伝わってきて、思わず胸が痛くなることもある。


さまざまな痛みを乗り越え合掌し尽くした時、私は、ほのぼのとした温もりに包み込まれて行く、自分を感じている。

己の一切の我をとりはずし、ただひたすら手を合わせる。

それが、私が一番子供に見ておいてほしい本当の私の姿だ。

合掌の姿こそが、人間の心と、人間のあるべき姿を示す、一番正しい姿だと私は思う。

合掌こそが、私を、己の心の堰《せき》をとりはずし〝私〟という人間の真の姿に立ち返らせる。
合掌し尽した母の姿に返らせてくれる。

曼珠沙華

一日一日
いつも新しい今日が
昨日になって

古びた今日を
思い出という優しい袋のなかに
大切にしまっていく

お彼岸の頃になると
一つの古びた　今日　を

その袋の中からとりだすのだ
そこにはいつも
曼珠沙華を摘んでいる幼いわたしと
母ちゃんがいる

静かな、透明な日の光の中で、小川の土手を、母と曼珠沙華を摘んだ。

あれは、私が五歳になったばかりの初秋のことだ。

曼珠沙華の赫《あか》が、私は美しいと思った。

花の赫に心惹かれ、次々と、幼い両手に抱えきれないほどに摘んでいった。

母は、もうよい、とたしなめたと思うのだが、私は抱えきれなくなったら土手に置き、ずんずん摘んでいった。

通りがかりの小母さんが、

「売りに行くといいけど、誰も買うものがおらんわ」と言い、「食えるものなら食いもするが――」と笑った。

私はお構いなしに摘んだ。

売れようと売れまいと、食えようと食えまいと、土手に咲いて目につく限りの花はみな摘んでいった。

食えもしないと笑った村の小母さんも、もうよいとたしなめた母も、その時の川の流れのように、かえりようもなく、遠く果てしないところにいってしまった。
今、曼珠沙華の一本も手折《たお》ることのない私がここにいるだけだ。

海

海にはつらい想い出がある
海には
母ちゃんの捨てた思いがある
わたしの捨てた思いがある

波にはかなしい想い出がある
岩に砕けた波のように
砕けてしまった思いがある

幼な児のときから

波のように嚙《か》みつづけている思いがある

母ちゃんの佇《た》っていた海
母ちゃんの泣いていた海
幼いわたしの瞳が無邪気にみつめていた海

海には
母ちゃんが
生きるためにこそ捨てていった思いがある

母が生きるためにこそ捨てていった思いを、私は自分がもの心つくようになり、どれほど辛く思ったか。

母の消し去った思い、捨て去った思い、乗り越えた思い。母の思いも、この波の数ほどあったろうに、底知れぬ、海ほどに深い思いもあったろうに、よくぞ耐えて生きて下さった、と、心から思う。

そして、幼いなりに、私も心にとまったものを抱き続けて生きてきて、それはそれなりに、それでいい、と、ようやく今になり、母の思いを、安息に似た気持ちで受けとれるようにもなってきた。

やがては私も死ぬ。私の死んだ時に、私の心の中の思いも消えて、私の死んだ時が、ようやく母の本当の安息なのかも知れない。

と、ふと、思ったりもする。

手

手をひろげる
じっとみつめる

母ちゃんの手はもっと荒れていた

申し訳なさがこみあげる

もっとあたたかい手になろう
もっと優しい手になろう

母ちゃんのように
人の心を温められる手になろう

時折、自分の手を眺めることがある。

私もそれなりに力仕事もやってきた。

私の手も、五十年以上を、自分の人生を支えて生きてきた男の手だ。だが、それでも私の知っている母の手は、もっと荒れていた。

もっと骨張り、もっと日に灼《や》けて、口には出せない何十年の辛酸を語っていた。

あれほどの手をして、私たちを育ててくれたのだと思った時、私は自分の手が恥ずかしかった。


母が、子に示してくれた優しさ、子に示してくれた暖かさ。

私の手は、まだ母の手が語っていたほどに、私が、我が子に示す優しさも、温もりも、強さも、厳しさも、語っていない。

まだ足りない。

まだ足りない。

母の苦労にはまだ足りない。

母の手はいつも私の心の中で、私のあるべき姿を示してくれる。

真に子を育て、生きて行く手は、手だけで一個の人格があり、物語があるような気がする。

私の手がそんな手になるのはいつだろうか。


今、こうして自分の手をみつめては、母の苦労を偲ぶばかりである。

肩

寒風のなかを進んでいく肩がある
痩せた、か細い肩が
しゃっきりとして
わたしの前を歩いていく

一把五円のはな柴をとって
一生懸命に生きてた頃の
もう　三十年もまえの母ちゃんの肩だ

肩は　黙ったまま
いまも
わたしの瞼のなかを歩いてゆく

この頃の母はいくつであったのだろう。

たぶん私が小学校の三、四年くらいであったろうか。と、すれば母は四十四歳か四十五歳。その頃はよく、お墓や仏前に供えるはな柴を、山に採りに行っていた。

それを売って現金にするのだ。山のシダや雑木の生い茂る藪の中を、ガサゴソと這いずり回りながら、そこかしこと生えているはな柴（榊の小木）を採って回るのだ。

約七十センチ程の長さに、幹が大人の小指くらいの大きさのものを切ってそろえる。

だいたい、五本か六本で一把だった。学校から帰り母と採りに行き、夕方遅くまで採る。あと山から持って帰ったものを一本ずつそろえてくくり、一把にする。

毎回、夕食抜きで八時、九時もになり星明かりで仕事をした。それを近くの小川につけておいて、翌朝五時頃暗いうちにリヤカーに積んで、町まで売りに行く。

リヤカーに山になるほど積んで、それを全部売った時六百二十五円。

祭りやお盆の前などは一日かけて採りに行き、母のリヤカーに百五十把、借りてきた私のリヤカーに百把ほど。

そんな時は千円をこえる金になり、嬉しかった。

その頃一《ひと》月分の学級費が、二十円ぐらいだったが、その学級費さえもままならない生活だった。

四人の子どもを抱えて、生きて行くために、それこそ骨身を削っていた母の、無言の肩が支えてきた重さが、今、私には痛いくらいに切ない。

うらなり西瓜

子どものころ
家でつくった西瓜は
いつもうらなりしか
食べられなかった

いま　毎年夏がきて
西瓜を食べるたび
母ちゃんが畑で割ってくれた
ひなたの匂いのする
うらなり西瓜を思いだす

貧しかったけれども
いまも胸にのこるおもいは
ひなたのうらなり西瓜のようにあたたかく
わたしを幸せにしてくれる

うらなり西瓜を母子《おやこ》で頬張ったあのときのように

今のように、年中西瓜のある時代とは違って、この頃は、西瓜は夏のものと決まっていた。

あれは、裏山の畑で、暑い夏の真っ盛り、母と二人で畑を耕していた時のことだ。

「こうちゃん西瓜を食べようか」

母が日焼けした顔をほころばせてそう言った。

西瓜はカラスがつついても惜しくないような、うらなりのほんの小さなもので、日に照らされて、中身はお湯のように熱かったが、それでもわずかな甘さと一緒に、渇いた喉を潤してくれるには充分だった。

あれからもう何十年か。私は今も、

「西瓜を食べよう」

と私を呼んだ時の、あの母の笑顔と眼差しを忘れることができない。

あれは子どもを愛しむ母親の目だ。自分も暑くて堪らなかったろうに、自分の暑さは忘れて、子をいたわる母親の眼だ。

私はここまで書いてきて、ふいに涙が溢《あふ》れてペンを止める——

子どものあの時そのままに、母親の眼と笑顔が私の中にかぶさるようにひろがってきたのだ。

この涙は母親の慈愛に対して、理屈を抜きで溢《あふ》れる子どもの涙だ。


今にして、今にして沁《し》み沁《じ》みと思う。

母というものは、無論、これは父親にしても同じことだが、親は、常に自分の全人格が子どもの心に残るものと自覚すべきである。

親というものは、自分の全心身をあげて、子を慈しむことだ。その心が盲愛ではなく、慈愛に満ちることだ。

貧しいからといって、不幸ではない。苦しいからといって決して不幸ではない。

豊かであるにこしたことはないかも知れないが、豊かであることと人間の幸、不幸は別のものだ。

人間の幸、不幸は物の豊かさで決まるのではなく、親の慈愛の深さによる。

私は、うらなり西瓜しか食べられなかったが、今も胸に沁みる、母の慈愛の眼差しを戴いた。

今も涙溢《あふ》るる母の笑顔の想い出を戴いた。

私には、大きな西瓜を食べられる豊かさよりも、何倍も何倍も豊かな幸せである。

声なき声

草も木も
光の方へ向く
光に導かれて伸びる
――子の光である親であれ――
光にむけて繁る梢のなかに
光にむけて萌える草のなかに
母ちゃんの声なき声が
光のように輝いている

ふと、耳を澄ませば、声なき声が充ち満ちている。

木の声、草の声、花の声。風の声、山の声、空の声、雲の声、海の声も聞こえる。

そして降り注ぐ光の声も、母ちゃんの声も聞こえる。

この世に在る、ありとあらゆるものの命の声が聞こえる。

天に伸びよ――

と。

それらの声は決して何一つとして邪《よこしま》なものはなく、すべてが、この世界の賛嘆と祝福に充ちている。

私は時々、うっとりとなって佇《たたず》む。

どこでも、どんな時でも、耳を傾けさえすれば、私は幸せになれる。歓びと平安が湧いてくる。

いつも神の祝福と恩寵に包まれている満足がある。

この世に「不足」はない。

「不足」の思いこそは、不幸の思いのもとだ。

母ちゃんの声なき声が、いつも私にそう告げている。

さくら

春霞かすんで
遠く
山桜

遥かな山の頂きは烟《けむ》るように
空に溶け

早咲きの桜手折《たお》ってゆけば
――外はもうこんな季節ね

病いの母が頬をゆるめた
あれは　昨日か
昔のことか
ああ　春よ　桜よ
かすみませ

母の実家に行く途中の山道は、海も見えて、道の両側には吉野桜の老木が、季節には見事な花を咲かせる。

また、その吉野桜にまじって、処どころ山桜もあり、場所によっては、まだ冬の気配も消えないうちに、山桜が吉野桜にはない清楚さでいち早く花を開く。

私は、その山桜を母に見せたくて探して回った。

もうその頃には、母の病気は殊に重くなり、ガン特有の痛みが母を襲い始めていた。

医者からも、覚悟はしておくように言われていた。

私は祈るような気持ちで、心当たりを探した。

いくら早く咲くとはいえ、季節はまだ一月で、咲いているこ
と自体珍しいことだったが、深いシダと灌木の茂みに混じり、ほろほろと可憐な花弁を開かせ始めている一本に出会った。

早春の山はすでに日が降りて、その山桜の下枝を一、二本手折るころには、山の寒気はまだ頬に冷たく、それでも、いち早く、この寒気の中で咲き出てきた山桜の一途さが、病いの母の

姿と重なり胸を衝かれた。

母のところに着いた時は、日はもうとっくに暮れていた。病床の母は、部屋の電灯の明かりでしかこの桜の花を見ることはできなかった。

その時、母は、

「美しいね」と、微笑み、

「――もう外はこんな季節ね」

一瞬眼を閉じながらそう呟いた。

もう、桜の咲く、春の季節と思い込んだふうであった。

或いは、病床にあって、長いこと外の自然を眺めることのできなかった母は、自然の時の流れの中から取り残されて行く寂しさがよぎったのだろうか。

「うん、うん、まだ外は寒いよ。これは珍しいくらいだよ」

私は、母にも馴染みのあるその山桜の場所を伝えた。


それから二ヵ月後、ついに、母は逝った。

どっくん　どっくん

ふと　自分の太い腕をさする
掌をひらいてみる
大きい掌だ
なにもかも　母ちゃんからもらったものだ

どっくん　どっくん
母ちゃんの命が
わたしのなかを流れている

親が　いつまでも

子と共にいるのが
よくわかる

自分の命の不思議さをいつも思う。

今、私の中を流れている命は、自分が生まれて、何年、何十年などというような命ではない。

この地上に最初の命が生まれてこの方、延々と絶えることなく続いている命だ。

地上の最初の人間の愛の営み以来、何万年と流れてきている命だ。

その命がいま自分の中に流れている。

何万年もの間、その命を受け継いだいろんな人間が、その時その時を、それこそ必死に守ってきた命。

もし、途中の誰かが守ることなく途絶えたとするなら、今、私の中には流れてこなかった命。

命はまさしく、その時その時の人の姿に形を借りて、連綿として続いているのだ。

この地の最初の人より、次から次へと流れて父と母とに流れ込み、私と妻から、今度は子どもへと流れていく。

自分の命というけれど、命は決して自分一人のものではなく、この命を生きた人みんなの命だ。その賜物だ。そう思う時、何とこの己の命の深く、重々しさに満ちていることか。

更には、命が自分の中に流れ込んだその時から、それはあとの流れへと続かせねばならぬ使命があるのだ。

何でその命を汚穢《おわい》に染ましてなろうか。何でその命を軽んずることがあってなろうか。

まさに命は神と親との恩寵以外の何ものでもないのだから――

たましい

わたしはきっと
母ちゃんのたましいの
小さな枝に咲いたひとつの花なのだ
たとえば　一本のコスモスのように
そして　たぶん人間は
神というたましいの枝に咲いた同根の花なのだ
そうでなければ
神がこんなにも地を満たし　人を愛して下さる筈がないから
母ちゃんを通して
人はみな　神とつながっている

人はどこから来てどこへ行くのか。それは、私は知らない。しかし、今、はっきりしていることは、例えばこのコスモスのように、私は母の魂の枝に咲いた一つの花だということである。

私たち四人の兄妹は、母の魂のそれぞれの枝に咲いた花なのだ。そうでなければ、母がこんなにも子を思い、私が母を思う筈がない。

更には、人間はみな母の魂を通して神の魂の枝に咲いた一つの花だ。根も葉も幹も枝も、ただ、ただ、花を咲かせるためにこそある。

花を咲かせ実を結ぶためにこそ茂るように、神はただ、ただ、人間を幸せにするためにこそ、自分の魂の枝に人間を結ばれてあるのだ。

母の魂に子が結ばれてあるように。

母の思いを知ることは、まさに神の思いを知ることである。

月　二

もう十月で
おぼろというでもないのに
西に間近な下弦の月が
滲んでみえる

まだ眠りのなかの家並や
誰もいない広場や
森や林を
細々とした光で一晩中照らし続けて

あの月は
母ちゃんのようにやさしい月だ
ひとりぼっちで
さびしかったろうに——

朝四時半に起きねば仕事に間に合わぬ頃があった。

冬など、外はまだ真っ暗で、車のライトを点けて、二十分ほどかかる職場に急ぐ。

そんなある日、まだ町並みは眠りの中で、職場に向かう途中、ふと、車の窓越しに、西の山の端にかかろうとしている細い月が見えた。


あんな細々とした光で、一晩中、地を照らし続けていたのか。


私は月の照らしてきたいろんなところを思った。

寂しい沼や、森や山や、公園や家並み。

そしてたとえ光細くとも、一晩中、地を照らし続けてきた月の孤独を思った。


皓々と冴え返る光で、人に見返られるようなこともなく、ありやなしやの光を放ちながら、地を照らし続けている細い月に、私はなぜか母を思った。

やわらかで細く、まさに己の役目を果たした月は、やがて訪れる暁の光に押されるように、今、没しようとしている。

私は、最後は病いで倒れていった母が、まるでこの月のように思えてならなかった。

最後の最後まで、どんなに細い光になろうと、地を照らそうとして沈んでいくこの月のように、母も最後まで、子どもたちを照らそうとしていた月に見えた。

大恩

母ちゃん　と呟くとき
ありがたさがみちあふれる

わたしは母ちゃんの
祈りによって育てられた

母ちゃんの祈りは
わたしの命の血
いまもわたしのなかをめぐりつづける

その大きな祈りの深さを
大恩　というのだと
今朝も
無言の大恩に合掌する

親が子のために祈らぬことがあろうか。

私のために、私のために、祈って祈って祈り続けてくれた母の思いが、私には痛いほどわかる。ようわかる。

私の何もかも、何もかもが、母の祈りで満たされている。

理屈を抜きで私はそう思う。


自分のすべてを以て念《おも》い続け、祈り続け、願い続けることを、念願といい、祈願と言う。

我が子は、親のその祈りであり、念いであり、願いの姿なのだ。

親がそこまで思う、そこまで祈り続ける姿の、なんで尊くない筈があろうか。


親も尊く、子も尊い。子を尊いものにしていくのは親であり、親を尊いものにしていくのは子である。

親も子も、共に尊く在り続けること、親も子も共に尊び合うことこそ尊いことだ。

真の意味での人間の尊厳は、互いに尊び合うことの中にこそ在る。

そして、その尊厳に血が通い合っているのが親子であり、同じ血が流れているのが人間相互だ。


母の祈りは、私に人間の尊厳を知らしめ、この宇宙すべてに在るものの尊厳を知らしめる。

母こそは、世のすべてを生ましめるもとであり、母の祈りこそは世のすべてを育てしむるもとだ。

更には、私の思いのもとは、すべて母の祈りから生まれた。


まさに、母の祈りの大恩ならざるものがほかにあろうか。

あとがき

生きとし生けるもののすべてに母がある。無論のこと父もある。しかし、その胎内に宿り育まれ、そして生まれいでたということにおいて、自ずと、父と母は異なる。

まさに、母は母なのである。その母への思いを綴り、詩に母の姿を描くことで、私は母を語りたかった。いや語らずにはおられなかった。私が受けた母の愛が、いつも私にそれを語らせるのだ。

本書は、母の詩ばかり毎月一篇ずつまとめて、長年書きためた二百篇ほどの作品の中から選んだものに文をつけ、今回『母ちゃんのうた』と題して刊行されるに至ったものである。

二百の詩は、私にとり、どの作品も母に対する私の思いの結晶ではあるが、すべての作品を、という訳にもいかず、ここでは割愛した。

つたないものではあるが、本書をひもといて下さるすべての母に、そしてすべての子に、たとえいくぶんなりとも母の慈愛、その思いをくんで頂けるなら、誠に幸甚である。

また、本書の出版に当たっては、日本教文社の方々、とりわけ、第二編集部の長谷部智子さんにはお世話になりました。記して御礼申し上げます。

篠塚興一郎

平成十三年六月　梅雨晴れて、緑美しき日に

母《かあ》ちゃんのうた

初版発行　平成一三年八月二〇日

著者……篠塚興一郎《しのつかこういちろう》〈検印省略〉

発行者……岸　重人

発行所……株式会社日本教文社
東京都港区赤坂九―六―四四　〒一〇七―八六七四
電　話＝〇三（三四〇一）九一一一（代表）
〇三（三四〇一）九一一四（編集）
FAX＝〇三（三四〇一）九一一八（編集）
〇三（三四〇一）九一三九（営業）
振　替＝〇〇一四〇―四―五五五一九

印刷・製本……光明社
ブックデザイン…清水良洋・佐の佳子
イラスト……佐の佳子

ISBN4-531-06363-5 Printed in Japan

乱丁本・落丁本はお取替えします。定価はカバーに表示してあります。

日本教文社のホームページ
http://www.kyobunsha.co.jp/